그대가 잠시 내 생에 다녀갔을 뿐인데

그대가 잠시
내 생에 다녀갔을 뿐인데

푸른길

시인의 말

그대가 잠시
내 생에 다녀가듯

내가 잠시
이 생에 다녀갈 뿐인데

나는 너무 일몰처럼 살았구나
나는 너무 저녁처럼 살았구나

시여,
너는 오래도록 머물러 일출이 되어라.

차례

I.   어느 날 길 위에 멈춰 서서

II. 꽃잎은 작아도 향기는 뒤지지 않네

III. 보름달도 한 달을 기다려야 보름달이다

IV.   그대가 잠시 내 생에 다녀갔을 뿐인데

I.

어느 날 길 위에 멈춰 서서

어느 날 길 위에 멈춰 서서

어느 날 길 위에 멈춰 서서
이미 지나온 길을 바라볼 때
가슴에 꽃 한 송이 피어나기를

어느 날 길 위에 멈춰 서서
아직 걸어가야 할 길을 바라볼 때
가슴에 태양 하나 떠오르기를

그러나 그 어느 날도 아닌
바로 오늘 길 위에 멈춰 서서
먼 길을 걸어가는 사람들을 바라볼 때
가슴에 사랑 가득 샘처럼 솟아오르기를

함께 손잡고 그 길을 걸어가기를

동행

손을 잡고 함께 걸어갈
사람이 있다는 건
얼마나 따뜻한 일인가

팔짱을 끼고 함께 걸어갈
사람이 있다는 건
얼마나 가슴 뛰는 일인가

바람은 불고
꽃은 지고
지구는 빠르게 도는데

어깨동무를 하고 함께 걸어갈
사람이 있다는 건
얼마나 든든한 일인가

고마웠노라 행복했노라
이 세상의 일 마치고 떠나는 날
작별의 인사 뜨겁게 나눌 사람 있다면
그의 인생은 또 얼마나 눈부신 동행인가

용서 하나 갚겠습니다

생의 어느 날
사람에게 받은 상처를
용서하기 힘들 때

아버지,
당신에게 받은 용서 하나 갚겠습니다

어머니,
당신에게 받은 용서 하나 갚겠습니다

친구여,
그대에게 받은 용서 하나 갚겠습니다

생의 어느 날
사람에게 받은 상처를
용서하기 힘들어 잠 못 이룰 때

신이여,
당신에게 받은 용서 하나 갚겠습니다

미움이 비처럼 쏟아질 때

미워하자면
장미에게도 가시가 있고
좋아하자면
선인장에게도 꽃이 있다

우산이 있는 사람은
비를 즐기고
우산이 없는 사람은
비를 원망하네

미움이 비처럼 쏟아지는데
마음을 지킬 우산 하나 없다면
빗속에 뛰어들어 몸을 적시지 말고
비가 멈출 때까지 기다려라

해 뜨고 푸르른 날 찾아오면
어제 내린 비가 무슨 의미 있으랴
오직 미워할 일은
그러지 못하는 내 마음뿐

사랑으로도 상처받지 말라

사람은 또 떠나가겠으나
사랑은 또 등 돌리겠으나

그대 영혼의 상처
이미 별보다 많나니

그 상처마다
꽃 한 송이씩 피어났느니

다시는 사람으로도 상처받지 말라
다시는 사랑으로도 상처받지 말라

사과

사과는
사과 한 알이면 족한 것

말없이 다가가
사과를 손에 쥐여주곤

내 사과를 받아줘 고맙소
말하면 그뿐

그래도 안 된다면?
내가 큰 사과드리리다

어찌 되었든
사과는 몸에 좋은 거라오

봄은 어디서 오는가

아직은 살 만한 세상이라고
해마다 꽃들이 다시 핀다
젖은 마음을 햇살에 말리고
웃음꽃 한 송이 얼굴에 싱긋 피우면
사람아, 너는 봄의 고향이다

작은 슬픔일 뿐

만약 내일 폭우가 쏟아진다면
오늘 내리는 소나기는
비도 아니리

만약 내일 폭설이 쏟아진다면
오늘 내리는 싸락눈은
눈도 아니리

오늘 우리가 겪는 슬픔도
슬픔이 아니리
만약 내일 더 큰 불행이
우리를 찾아온다면

그대 아시는지

꽃을 아름답게 피우는 건
햇볕이지만

꽃을 향기롭게 피우는 건
별빛인 것을

꽃처럼 산다는 거
열매를 맺으려
일생을 애쓰는 일임을

그대 이미
꽃처럼 살고 있음을

어느 날 죽음이 찾아와 속삭일 때

참을 수 없는 고통과 슬픔으로
어느 날 죽음이 찾아와 속삭일 때

살아야 할 아무런 기쁨과 의미가 없다고
어느 날 죽음이 찾아와 속삭일 때

이렇게 살 바에야 차라리 죽는 게 낫다고
어느 날 죽음이 찾아와 속삭일 때

그대의 마음에게 물어보라
오늘 죽음을 꿈꾸리라는 것을
그대는 오래전부터 알고 있었던가

그대의 마음에게 다시 물어보라
내일 새로운 삶을 갈망하지 않으리라고
그대는 어떻게 확신할 수 있는가

사람의 마음이란 계절과 같은 것
때가 되면 다시 바뀌기 마련이니
그 속삭임 물리치고 살아남으라

눈보라 속에서야 누가 삶을 찬미하랴
봄볕 아래서야 꽃 한 송이로도 세상은 아름다운 것
그대의 마음이 일찍이 그러하였다

그냥 살라 하네

푸른 하늘 흰 구름이
그냥 살라 하네
기쁘면 웃음짓고
슬프면 눈물짓고
감당치 못할 큰 의미일랑 두지 말고
그냥 살라 하네

아침바람 저녁노을이
그냥 살라 하네
사랑이 찾아오면 사랑하고
이별이 찾아오면 이별하고
가장 짧은 순간들을 소중히 여기며
그냥 살라 하네

비바람 눈보라가

그냥 살라 하네

젖으면 젖은 대로

추우면 추운 대로

이 또한 멋진 여행이라 생각하며

그냥 살라 하네

내 가슴 속 뛰는 심장이

그냥 살라 하네

따뜻이 손 마주 잡고

다정히 눈 바라보며

가진 것 없어도 부러움 없을 사람과

그냥 살라 하네

마음살이

마음먹는 대로 사는
인생 어디 있겠는가마는

세상살이
마음먹기 나름이라잖은가

마음에 드시는 게 아니라
마음을 드시는 거라네

햇살 같은 마음 샘물 같은 마음
마음껏 드시면 되는 거라네

눈길

아무리 추운 날에도 얼지 않고
아무리 더운 날에도 녹지 않는다

백 사람이 걸어가도 더럽혀지지 않고
백 년이 지나도 그 모습 변하지 않는다

이 세상 가장 아름답고 깨끗한
사람과 사람 사이의 따뜻한 눈길

눈 내리는 날에나
눈 내리지 않는 날에도
너와 내가 함께 걸어가야 할 길

사람아, 우리가

아침 햇살이
퍼지듯

저녁노을이
번지듯

별빛이 어둠을
건너가듯

맑은 샘물이
스며들듯

봉숭아 꽃잎에 손톱을
물들이듯

시냇물과 시냇물이 강물 되어
흐르듯

가을 하늘

가을은
참 푸른 얼굴을 가졌구나

맑고 깨끗하여
바라보기만 해도 사랑스러운

저리 살아야지
눈빛 초롱초롱하게 씻어주는

가을은
참 높은 마음을 가졌구나

가을 남자

저기 가을 남자가 간다
긴 코트를 입지도 않고
옷깃을 세우지도 않고
커피를 뽑아 들지도 않고
주머니에 손을 넣지도 않고
단풍에 눈길을 주지도 않고
낙엽을 밟지도 않고
저기 가을 남자가 간다
바람에 날아가지 않으려
세상을 힘껏 움켜쥔 손등에
푸른 힘줄이 철로처럼 뻗어있는
저기 한 남자의 가을이 간다

마음의 빗질

구름 한 점 없는
푸른 하늘은
바람의 빗질

붉게 타오르는
저녁노을은
해의 빗질

티끌과 얼룩 없는
맑은 삶은
영혼의 빗질

꽃보다 아름다운
사람을 만드는 건
마음의 빗질

구름

푸른 하늘을 떠가는
흰 구름처럼 살기를 바라지만

푸른 하늘을
깨끗이 씻어주는 건
언제나 먹구름인걸

먼 곳으로 흘러가는 마음아
비 오는 날에는
말갛게 얼굴을 씻자

가을은 성냄도 없이 가시려는가

꽃은 비에 내어주고
단풍은 바람에 내어주고
마른 잎만 몇 장 손에 남았는데
가을은 눈물도 없이 가시려는가

열매는 새에게 내어주고
어린 새는 하늘에 내어주고
벌서듯 손 든 채 그림자 야위어가는데
가을은 아픔도 없이 가시려는가

꽃 지면 이름 아는 이 없고
열매 지면 찾는 이 없어도
허공에 두 손 모으면 축복의 기도

낙엽과 나뭇가지 가난한 아궁이에 내어주며
빈 둥지 눈송이에게 내어주며
가을은 성냄도 없이 가시려는가

은은

가난한 세상 살아오는 동안
오직 내 마음을 빼앗은 보석은
은

두 개만 있으면 부러울 것 없었지
은은한 햇살 은은한 바람 은은한 물결

때로는 금 없어
발 동동 구른 날도 있었지만
가난한 세월 살아가는 동안
오직 내 영혼을 사로잡을 보석은
은

오, 이제 막 그대의 얼굴에도 피어나는
이 세상 가장 찬란한 보석의 미소
은은

엄살

삶의 무게가 너무 무거워
금세라도 휘청 쓰러질 것 같을 때
마음속으로 다짐해 봅니다
이제 그만 엄살을 줄여야겠어
꼭 엄살은 아니겠지만 말입니다
허, 그새 또 엄살이군요

마음살

바다의 물살처럼
잔잔하게 일렁이는 뱃살과
하늘의 햇살처럼
따스하게 빛나는 주름살은
내 가장 사랑스러운
삶의 더께
그대 눈살 찌푸리지 말라
살아간다는 것
마음살 두둑이 찌우는 일이라네

어찌 살았는가

누가 내게
어찌 살았는가 묻는다면

꽃나무 아래를 지날 때는
뛰지 않았네

단풍나무 아래를 지날 때는
서성이며 걸었고

별빛 아래를 지날 때는
멈춰 섰다 갔네

꽃기린

얼마나 큰 고난이기에
예수의 면류관
온몸에 썼느냐

작고 어여쁜 꽃도
사실은 잎(苞)이었더라

긴 목마저 가시로 뒤덮였으나
땅에 발을 딛고 살아가는 건
언제나 뿌리의 힘

얼마나 높은 꿈이기에
가시 십자가 위에
연붉은 꽃 피워내느냐

고개

인생 고개
힘겹게 넘어가는 날엔

고개 들어
푸른 하늘을 바라보고

고개 숙여
예쁜 꽃을 바라보고

고개 돌려
사랑하는 사람들을 바라보리

고개 끄덕여
행복은 내 눈 안에 있네, 다짐하리

고마워요, 이 세상에 태어나 줘서

꽃의 생일을 알고 있나요
별의 생일을 알고 있나요
바로 오늘 당신이 태어난 날이에요

햇살이 더욱 눈부시네요
강물이 더욱 반짝이네요
바로 오늘 당신이 태어난 날이에요

축하해요 고마워요
이 세상에 태어나 줘서

사랑해요 행복해요
이 세상 가장 소중한 당신

가장 아름다운 날 알고 있어요
가장 가슴 따뜻한 날 알고 있어요
바로 오늘 당신이 태어난 날이에요

더러는 싱거운 사람이 되어

세상이
조금만 더 싱거웠으면

짤 대로 짜져
얼굴 찌푸리게는 말고

맹맹한 듯
심심한 듯

너와 나의 마음
조금만 더 싱거웠으면

산다는 거
소금기 잔뜩 머금은
국 한 그릇 먹는 일인지도 모르겠으나

더러는 싱거운 사람이 되어
세상의 간을 조금만 더 낮추며 살았으면

때묻은 날의 명상

정신없이 뱅글뱅글 돌아가는
세탁기 속 빨래려니

누가 넣었는지는 모르겠으나
때와 얼룩 벗기는 것이려니

눈물과 땀
남김없이 짜내야 끝나는 것이려니

그래도 마침내 문 열리는 날에는
따스한 햇살에 몸 말리려니

바람을 따라
푸른 하늘도 걸어보려니

국수

희고 동그랗고 부드러워

가난한 입맛에 착 착 달라붙고

붙잡는 사람 하나 없는 아리랑 고개처럼

쏙 쏙 목구멍을 넘어가면

초승달처럼 꺼졌던 배가 보름달처럼 부풀어 올라

주름진 얼굴에도 웃음꽃 함박 피어나는데

기실은 국수도 못 되어 국시로나 불리고

국시도 못 되어 국시꼬랭이로나 떨어져 나와

한 숟가락도 안 되는 수제비로 끝나려는지

솥뚜껑 위에서 구워져 아이들 군것질로 끝나려는지

삶이 잔치가 맞기는 맞는지

내 몸은 또 얼마나 희고 동그랗고 부드러운지

잔치국수 한 그릇을 먹으며 희멀건한 생각을 해보는데

그래도 뜨끈뜨끈한 것이 들어가니 뱃속은 든든하였다

그러면 되았지 싶었다

밥향

꽃향은 손에 퍼지고
술향은 입에 퍼지지만
밥향은 가슴에 퍼지네

꽃향은 사랑을 부르고
술향은 친구를 부르지만
밥향은 어머니를 부르네

꽃향은 아름다운 동화
술향은 먼 나라의 왕궁
밥향은 고향의 느티나무

꽃향기에 취해 한 시절
술향기에 취해 한 시절
밥향기에 취해 한 평생

꽃이여 너는 얼마나 눈부신가
술이여 너는 얼마나 뜨거운가
밥이여 너는 얼마나 눈물겨운가

다시 태어나거든 밥이나 되자
꽃도 말고 술도 말고
거짓 없는 아이 주린 배를 채워줄
한 그릇 따뜻한 밥이나 되자

짜장면

탱탱하던 마음이
불어터진 면발 같아지는 날엔
짜장면 한 그릇 시켜 먹을 일이다

실컷 먹어봤으면 소원이 없겠네
어릴 적 그 아이 함께 마주 앉아
짜장면 한 그릇 나눠 먹을 일이다

나는 배부르단다
그 아이 앞으로 짜장면 그릇 밀어주며
불어터진 욕심 한 그릇 깨끗이 비울 일이다

고추

푸른 꿈 낚으려
고개마저 꺾었는데
세상 고초 다 겪고도
끝내 이루지 못해
붉으락 붉으락
몸속 가득 배알만 남은
늙은 고추 하나
밥상 앞에 앉아있다
아버지, 많이 매우시죠
저도 눈물이 납니다

이팝나무

어머니, 밥은 잘 드시는지요
그곳의 식사 물리시거든
잠시라도 한 번만 다녀가 주세요
한 솥 가득 흰쌀밥 지었는데
식기 전에 먹어라,
말해주시던 그 목소리 들리질 않아
올해도 이팝나무 아래 허기가 집니다
아무래도 저 꽃잎이 당신 얼굴만 같아
올해도 이팝나무 아래 그리움이 핍니다

소나무

겹겹이 터지고 갈라진

저 껍질 속에

오래 이 민족을 먹여 살린

누런 소 한 마리가 들어앉아

사시사철 푸른 쟁기질을 멈추지 않는데

누군가라도 알아주기를 바랄 때는

솔방울 툭 툭 발 가에 떨어뜨리는 것이니

그런 날에는 가던 걸음 멈추고 다가가

굽은 등짝 한 번 슬며시 쓰다듬어줄 일이다

납작만두

꽉 찬 날도
있었으려나

속 다 비우고
납작 엎드려있다

몇은
넙죽넙죽 잘도 받아먹었으려니

족히 육십은 되었겠다

새해

소나무는 나이테가 있어
더 굵게 자라고
대나무는 마디가 있어
더 높게 자라고
사람은 새해가 있어
더 곧게 자라는 것

꿈은 소나무처럼
푸르게 뻗고
욕심은 대나무처럼
가볍게 비우며
새해에는 한 그루
아름드리 나무가 되라는 것

떡국을 먹으며

먹기 위해 사는 게 인생은 아니라지만
먹고사는 일만큼 중요한 일 또 어디 있으랴
지난 한 해의 땀으로
오늘 한 그릇의 떡국이 마련되었고
오늘 한 그릇의 떡국은
새로운 한 해를 힘차게 달려갈 든든함이니
사랑하는 사람들이 둘러앉아
설날 떡국을 먹으면
희망처럼 뜨거운 김이 모락모락 피어나고
아물지 않은 상처마다 뽀얗게 새살이 돋아난다

5월의 말씀

부모에게 더 바라지 말 것
낳아준 것만으로도
그 은혜 갚을 길 없으니

자식에게 더 바라지 말 것
태어나준 것만으로도
그 기쁨 돌려줄 길 없으니

남편과 아내에게 더 바라지 말 것
생의 동행이 되어준 것만으로도
그 사랑 보답할 길 없으니

해마다 5월이면
신록 사이로 들려오는 말씀
새잎처럼 살아라 새잎처럼 푸르게 살아라

자신에게 더 바랄 것
지금까지 받은 것만으로도
삶에 감사하며 살겠노라고

구월

어디까지를 여름이라 부르고
어디부터를 가을이라 부르시겠나

이쯤이면
모두 그쯤 해두시게

구월의 동화

누이야
그 나라에도 가을이 오는가
누군들 씻어내야 할 눈물 없겠느냐며
구월은 빗방울로 나뭇잎을 닦아주는데

누이야
그 나라에도 가을이 오는가
어딘들 번져가야 할 그리움 없겠느냐며
구월은 단풍을 재촉하는데

한 번은 시리도록 눈부셔야 하지 않겠느냐며
사랑이 구월의 얼굴로 찾아오기를

생의 모든 발걸음들이
구월의 심장으로 쿵쿵 가슴 뛰기를

누이야
우리가 사뭇 간절한 마음으로 기도해야 하는가

11월의 기도

11월에는 무언가
그리운 일이라도 있다는 듯 살 일이다

지나온 여름 다시 돌아갈 수 없고
떠나간 사랑 다시 돌아오지 않는다 해도

11월에는 누군가
사랑할 사람이라도 있다는 듯 살 일이다

사랑은 종종 이별로 지고
단풍은 언제나 낙엽으로 지지만

11월에는 어디선가
따뜻한 커피라도 끓고 있다는 듯 살 일이다

12월의 기도

12월에는
높은 산에 올라
작은 집들을 내려다보듯
세상의 일들을 욕심 없이 바라보게 하소서

12월에는
맑은 호숫가에 앉아
물 위에 비친 얼굴을 바라보듯
지나온 한 해의 슬픔을 잔잔히 바라보게 하소서

12월에는
넓은 바닷가에 서서
수평선 너머로 떠나가는 배를 바라보듯
밀물 같은 그리움으로 사람들을 바라보게 하소서

12월에는

우주 저 멀리서

지구라는 푸른 별을 바라보듯

고요한 침묵 속에서 내 영혼을 바라보게 하소서

그리고 또 바라보게 하소서

칠흑 같은 어둠 속에서

홀로 타오르는 촛불을 바라보듯

내가 애써 살아온 날들을 뜨겁게 바라보게 하소서

그리하여 불꽃처럼 살아가야 할

생의 수많은 날들을

눈부시게 눈부시게 바라보게 하소서

오늘은 사람들이 참 반짝이는구나

큰 욕심일까 작은 욕심일까

가끔은 하늘이 땅을 내려 보며

이렇게 말하는 삶 살고 싶네

오늘은 사람들이 참 맑고 깨끗하구나

큰 바램일까 작은 바램일까

가끔은 바다가 뭍을 바라보며

이렇게 말하는 삶 살고 싶네

오늘은 사람들이 참 푸르고 잔잔하구나

때로는 눈과 비 쏟아지고

때로는 거친 파도 몰아치겠지만

그 후에는 더욱 더 맑고 푸르게

큰 소망일까 작은 소망일까

가끔은 별들이 땅을 내려 보며

이렇게 말하는 삶 살고 싶네

오늘은 사람들이 참 반짝이는구나

II.
꽃잎은 작아도 향기는 뒤지지 않네

별 1

별에서 태어나

별에서 살다

별에서 죽는다

죽어서도 별이 되리라

별 2

꽃이라 불러주길 바라지 마라
그대 별인지도 모르니

만약 지금 어둠에 둘러싸여 있다면
그런데도 그대의 영혼 더욱 반짝인다면

별 3

별것도 아닌 일로
마음 상할 때

별의 것도 아닌
일이라 생각하며

별의 것에 속하는
일만 생각하며

눈을 들어
밤하늘의 별을 바라보며

별 4

별아, 어둠 속에서도
어떻게 늘 빛나는 거니

마음속으로 늘 생각한단다
별 일 아니야 별 일 아니야

별 5

미소가 환한 까닭일까
심장이 뜨거운 까닭일까

별 하나 다른 별보다 밝게 빛나네
어둠은 서로 같은데

별똥별

별들이
똥을 싼다

사람아,
병들지 말고 쑥쑥 잘 자라거라

별을 따는 법

허리를 굽히고
흙 한 줌을 쥐어봐

우주에서 가장 아름다운 별이
너의 발 밑에 있다

어떤 꽃

꽃잎은 작아도
향기는 뒤지지 않고

겨울에 피어도
색은 더욱 붉네

꽃잎 네 개뿐이어도
꽃잎 여섯 개를 바라지 않네

꽃화분 등에 지고

삶이 짐짝 같은 거라고는
짐작도 못했는데
그 짐짝 속에서도
어여쁜 꽃 피어난다는 걸
진작에 알았더라면
짐짝 조금 무겁다기로
징징 투덜대지는 않았으리
꽃화분 등에 지고
꽃바구니 어깨에 이고
가자 생이여,
가난한 세상에 꽃 나르러

꽃이여, 별이여

시간의 행로를 함께 걷다 보면
사람과 사람도 서로 닮는데

꽃이여
얼마나 더 오랜 눈빛으로 바라보아야
내가 너를 닮겠느냐

별이여
얼마나 더 많은 침묵을 주고받아야
내가 너를 닮겠느냐

이 생이 닳아 없어지기 전에
끝끝내 닮아야 할 것 있으니

사랑이여
얼마나 더 맑은 눈물을 흘리고 나서야
내가 너의 마음을 닮겠느냐

생일

지구는 한 번도 치러본 적 없고
하루살이는 한 번도 치러볼 수 없는데
백 년을 사는 인간만 백 번을 치른다
별은 제 생일도 모르는데

사람의 자격

꽃이 꽃으로 태어나
꽃의 이름으로 살아가는 데야
무슨 자격이 필요하랴

사람이 사람으로 태어나
사람의 이름으로 살아가는 데는
별만큼 무수한 자격이 필요하네

꽃 한 송이만큼의 향기도
세상에 남기지 못하거늘

강

긴 몸을 가졌다
먼 길을 가야 한다

가끔 우는 소리를 내기도 하는데
밤이라고 멈추진 않는다

사람마다 하나씩은
제 안에 흐른다

밀고 가는 힘

세상이 눈물을
잃은 줄은 알았는데

세상이 웃음마저
잃은 줄은 몰랐구나

내 무슨 낯으로
꽃과 별을 노래하랴

파도가 파도를
밀고 가는 힘을 배워야 한다

달도 참 고비다

금화 한 잎

하늘에 매달아 놓고

밥 한 술에

한 번씩만 쳐다보라는데

세상 허기진 사람들이

밤마다 조금씩 떼어 먹는다

가난에 자린 눈물 애섧지만

기도를 들어줄 귀는 남겨야 할 텐데

달도 참 고비다

*자린고비(玭 吝考 妣): '자린'은 자린고비 어원의 한 유래에서 생긴 '절인'이
  라는 말을 음만 따서 한자로 적은 것이다.

소금 1

겨울만으로는 부족하기에
신이 내려준
사계절의 눈

상하지 말아라
맑고 깨끗하여라
영혼 더욱 깊이 성숙하여라

소금 2

바다 두세 가마 말려야
겨우 한 줌이다

햇볕과 바람에
푸른 옷 벗어버리면
알몸으로 태어나는 은빛 순수

불길 물속 가리지 않고
눈송이처럼 뛰어들어
형체도 없이 녹아 사라지니

생각건대
사람의 사랑은 얼마나 싱거운 것이냐

정녕 생각건대
사람의 사랑은 얼마나 짠 것이냐

소금꽃

소금 한 됫박
가슴에 담아두고
어머니 국 간을 맞추듯
세상에 슬금슬금 뿌리면 될 줄 알았는데
산다는 거 염전 하나 일구는 일이더라

바다 열 마지기만큼
눈물을 끌어모아
햇볕 바람 한 점 없는 날에도
소금꽃 활짝 피우는 일이더라

소금 한 말로도
상한 마음 아물지 않아
살아온 날은 맹맹하고
살아갈 날은 간간하게 느껴질 때
소금꽃 더욱 굵게 피우는 일이더라

III.

보름달도 한 달을 기다려야 보름달이다

산

사람들은 말하지
다시 내려올 걸 무엇하러 올라가나

산도 말한다네
다시 내려갈 걸 무엇하러 올라오나

쌀

한 톨 허투루 흘린 적 없고
된밥 진밥 가린 적 없고
찬밥 식은밥 홀대한 적 없는데
쌀이 떨어졌다

어디로 얼마만큼 떨어졌나
쌀통을 바닥까지 박박 긁다 보면
선듯 가슴에 불어오는
생의 쌀쌀한 바람

이 지경까지의 일들은
분명 눈먼 쌀을 먹은 탓일게다
내일은 현미 쌀을 팔아오리니
쌀아, 너도 눈이 있으면 보아라

쉰밥 같은 세상이어도

우리가 갓 지은 밥처럼

모락모락 새 희망을 피워내는 모습을

묵은쌀로 떡을 만들듯

우리가 해묵은 희망으로도

반짝반짝 윤기 나는 꿈을 빚어내는 모습을

덤

쉰을 넘으니
사는 게 덤이다

치른 값보다 많은 것을
손에 넣었으니
어찌 배보다 배꼽이 큰
생을 바랄까

꽃구경 아쉽지 않고
단풍놀이 설웁지 않아
오늘 생의 계산 마친들
후회 없으니

오직 바라는 건
세상에 덤 몇 개
더 얹어주는 일뿐

가난

겪어보지 못한 사람은 모르지
얼마나 사람을 비겁하게 만드는지

그러나, 그렇지만
목숨을 걸고 지켜야 할
누군가가 있을 때

겪어본 사람은 알지
얼마나 사람을 용감하게 만드는지

바닥

살아가는 동안
가장 밑바닥까지 떨어졌다 생각될 때
사람이 누워서 쉴 수 있는 곳은
천장이 아니라 바닥이라는 것을
잠시 쉬었다
다시 가라는 뜻이라는 것을
누군가의 바닥은
누군가의 천장일 수도 있다는 것을
인생이라는 것도
결국 바닥에 눕는 일로 끝난다는 것을
그래도 슬픔과 고통이
더 낮은 곳으로 흘러가지 않는다면
지금이야말로 진짜 바닥이라는 것을

갈증

내 살아오는 동안
수천 수만의 빗방울로
손과 얼굴을 씻었거늘
아직도 영혼에 때가 묻어있는가

내 살아오는 동안
수천 수만의 눈송이로
어깨와 등을 덮었거늘
아직도 영혼이 헐벗어 떨고 있는가

생은 늦자락에 닿아가고
애태울 갈망도
이제야 남아있지 않으련만

내 살아오는 동안
수만 수십만의 눈물로
가슴을 흥건히 적셨거늘
아직도 목말라 깊은 밤에 홀로 깨어나는가

호박

굳이 나의 얼굴을
예쁘다 말하지 않아도 좋다

굳이 나의 몸을
풍요롭다 말하지 않아도 좋다

나의 삶 초라하다 느낀 적 없으니
굳이 나의 이름을 눈부신 듯 부르지 않아도 좋다

나는 내 몸으로 세상의 허기를 달래주고 떠나거늘
너는 무엇으로 세상을 노랗게 불 밝히고 떠나느냐

호박으로 호박답게 살아가는 게
나의 애지중지한 일인 줄이나 알면 좋다

고구마

잘 익었는지
젓가락으로 푹 푹 찔러보는 것

슬픔이나 아픔 따위가
설마 그런 일은 아니겠지요

하여간 큰 고구마일수록
오래 삶아야 한다는 것쯤은 알고 있습니다마는

보름달도 한 달을 기다려야 보름달이다

삼십팔만사천 킬로미터
떨어진 과녁에
기도의 화살이 날아가 닿는다

그래, 빌지 말고
힘껏 쏘아 맞춰라
세상에 이울지 않는 것이
어디 있겠느냐

다시 차오르기까지는
어둠을 이겨내야 하는 것
보름달도 한 달을 기다려야 보름달이다

분침 氛祲*

살아가는 일 초침 같을 때
멈춘 듯 선 듯 느릿느릿 걸어가라

달리고 달려도 제자리요
마침내 앞질러도 이내 다시 쫓기는 것

시침을 떼고 싶겠다만
생이 분침인 것은 너도 알리니

*분침(氛祲): 바다 위에 낀 아주 짙은 안개

오백 원

천 원 오천 원 별건가

불에 타거나

물에 젖어버리니

제 모습 변치 않는 건 오직 나뿐

톱니바퀴로 새겨진

백이십 번뇌도

온몸으로 세상을 구르다 보면 무뎌지더라

서랍과 통 속에 들어앉아 보낸

불면의 시간도 많았지만

그간에 치른 값을

모두 셈해보는 밤이면

어둠 속에서도 반짝이는

은빛 영혼

이제 막 폭풍우를 뚫고 지나온

학 한 마리 길 위에 누워

젖은 날개 무심히 말리고 있다

안반데기

노란 고갱이가 있어
배추잎이 푸른 것인지
노란 고갱이를 지키려
배추잎이 푸른 것인지

내 안에도 아직
노란 고갱이가 남아있는지
내 삶도 아직
푸른 빛을 띠고 있는지

천백 미터 높이에서
살아가는 바람에게
뜬구름 같은 질문
몇 개 물으러 가는 곳

바라는 대답 듣지 못해도
언제나 꽉 찬 마음으로 돌아오는 곳

원대리에 가시거든

원대리에 가시거든

푸른 잎과 흰 껍질이 아니라

백 년의 고요를 보고 올 것

천 년의 침묵을 듣고 올 것

자작나무와 자작나무가

어떻게 한마디의 말도 주고받지 않고

만 년의 고독을 지켜나가는지

원대리에 가시거든

사람의 껍질은 잠시 벗어두고

이제 막 태어난 자작나무처럼

키 큰 자작나무 아래 앉아

푸른 하늘을 어린 눈빛으로 바라보다 돌아올 것

겨울 원대리

씻을 죄라곤 한 점 없을 삶인데도
겨울 내내 흰 눈으로 온몸을 씻고 있는
자작나무 사이를 거닐며
바람이 불 때마다 쏟아져 내리는
소금 같은 눈사발 몇 됫박 뒤집어쓰고
흰 슬픔으로 검은 영혼을 씻기다 보면
어느새 봄볕보다 따스한
겨울 원대리

보길도

사랑 따위가
발목을 붙잡는 건 일도 아니지
보길도에서는
해무가 발목을 붙잡는다
오래전 이 섬에
세상의 눈을 피해
몸을 숨긴 사내 하나 있었다는데
기실은 해무에 운명을 붙잡혔기에
해마다 봄이면
붉은 동백이 피를 토하며
푸른 바다로 뛰어든다
운명 따위가
발목을 붙잡는 건 아니라는 게다

홍도

몽돌해변에 앉아
해가 지기를 기다려본 적 있는가
그곳에서는 하루 해가 지는데도
천 년이 걸리느니
기다리는 일 파도 같을 때
홍도로 가라

깃대봉에 올라
해가 뜨기를 기다려본 적 있는가
그곳에서는 동백꽃 한 잎 피는데도
만 년이 걸리느니
살아가는 일 갯바위 같을 때
홍도로 가라

홍도항에 서서
떠나간 배를 기다려본 사람은 안다
그곳에서는 사랑이 지는데도
일생이 걸리느니
사랑하는 일 물거품 같을 때
홍도로 가라

지나가는 것들

사랑은 지나가는 길에
잠깐 들렀다는 듯이

청춘은 갈 길이 멀어
바로 떠나야 한다는 듯이

슬픔은 발길이 차마
떨어지지 않는다는 듯이

삶은 다시 돌아오겠노라며
헛된 다짐이라도 남기려는 듯이

손은 늘 깨끗이

죽는다는 일 별건가
화장실 한 번 더 가는 게지
평생 참았던 생의 오줌을
한 방울 남김없이 탈탈 쏟아버리면
아! 죽음은 얼마나 시원할 것인가
부르르 몸을 떨며 진저리를 치는 일도
그때는 모두 끝날 터이니
하여간 손은 늘 깨끗이 씻을 것

난장亂場

사는 게
장난이 아니라지만

파는 일도
장난이 아니더군

말장난이야
시인의 운명이겠으나

난장만큼은
나서고 싶지 않았는데

팔지 않곤 살 수 없는 세상이니
마음은 이미 난장판

몸아, 천천히 오너라
아무래도 이번 생은 장난만 같구나

끝나는 날 내 웃으며 말해주리니
장난이 조금 지나치셨습니다

시인

좌우지간 시는 쓸 일

바람이 낙엽을 쓸듯
빗자루가 먼지를 쓸듯

늦가을이건
한겨울이건

햇살에든
눈물에든

쓸데없을지라도
쓸 만해질 때까지

돈 파시오

사람 얼굴 그려진 종이 파시오
세종대왕은 시집 한 권
신사임당은 시집 다섯 권
한 번에 여러 장을 팔면
조금 더 후하게 값을 쳐주리다
세상에 밑지는 장사 없다지만
시집 한 권 일백이십 장이면
지폐라 불리는 종이 삼백육십 장이니
하늘 아래 이보다 큰 손해 어디 있을까마는
장사꾼도 한 푼을 위해 천리 길을 달려가거늘
구석진 영혼에 빛 한 줄기 비춰줄 수 있다면
시인 된 몸으로 어찌 구만리 길을 마다하리오
헌 돈 파시오
쓰다 남은 종이돈 파시오
가보처럼 아끼는, 목숨보다 소중한
숫자놀음 종이 파시오

내가 어느 맑은 물이기에

내가 어느 흐린 물이기에
바다까지 흘러와서도
바다와 한 몸이 되질 못하는가

내가 어느 슬픈 물이기에
바다를 앞에 두고도
파도보다 더 큰 울음으로 부서지는가

꿈쩍도 않는 수평선을 바라보다
윤슬 같은 생의 하루가 스러지면
저녁 바다에 들려오는 소리 있어

내가 어느 맑은 물이기에
뭍으로 돌아가
어느 메마른 사람의 바다가 되어야 하는가

IV.
그대가 잠시 내 생에 다녀갔을 뿐인데

사랑

영원도 짧더라

늘 서둘 것이나 늘 서툴 것이기에
꽃과 번개, 단풍과 첫눈의 연서를 옮겨 적느니

햇살과 별빛으로
폭우와 폭설로

생의 마지막 날까지
그치지 마라

세상의 모든 목숨 지는 날까지
목숨 걸고 지지 마라

그대가 내 생에 있어

세상은 가난한 것인가 싶을 때
영혼 두둑하게 만들어주고

세상은 얼음꽃인가 싶을 때
가슴에 불꽃 피워주고

세상은 혼자 건너는 강인가 싶을 때
배 한 척 저어 다가오는 이여

그대가 내 생에 있어
세상은 아침마다 태양을 솟아올리는가

그대가 내 생에 있어
세상은 밤마다 별들을 하늘에 뿌리는가

연리지 부부

어린 나무 두 그루 만나
부부라는 이름으로 살아왔다

뿌리 얽히고 가지 부딪혀
얼굴 붉힌 날 많았지만

꽃 피는 날은 함께 웃고
꽃 지는 날은 함께 눈물 흘렸다

비 오는 날은 함께 젖고
비 그친 날은 함께 별을 바라보았다

푸르던 세월 꿈처럼 지나가고
무성하던 잎 떨어지니 알겠노라

그대와 나
연리지 되어있음을

부부란 살아가는 동안
연리지 하나 만드는 일이었음을

진달래꽃

사랑의 얼굴은
천 가지 꽃이나

사랑의 심장은
진달래꽃뿐이네

연붉어라 연연붉어라
사랑의 맹세는 진달래꽃뿐이네

아카시아

어디에 있느냐 여인아
저기 너를 닮은 꽃이 핀다
세상의 모든 사랑은 허기지나니
어서 한입 가득 베어 물라며
5월의 포도 같은 꽃이
저기 돌아오며 흰 손을 흔든다

옥수수

옥수수 옥시시 강냉이
나의 사랑을 무엇이라 불러도 좋다

꽃은 화려하지 않으나
껍질 속에 숨겨진
알알이 꽉 찬 그리움을 보아다오

마침내 알갱이 모두 빠진
빈 몸통으로 남더라도
더 큰 사랑을 위해서라면
기꺼이 불길에 터져버리려니

너를 위해
하늘에 써나가는
옥촉서예玉蜀黍蕊의 연서를 읽어다오

사람의 땅에서
가장 눈부신 사랑은
가장 수수한 사랑이라 말해다오

국화

네 앞에서는
꼭 걸음을 멈추게 된다

가을처럼 다시 돌아올
그리운 얼굴 하나 떠올라

햇살처럼 다시 비칠
눈부신 이름 하나 떠올라

네 앞에서는
꼭 눈을 감게 된다

내가 사랑하는 여자도
늘 그리하였느니

네 앞에서는
꼭 입을 맞추게 된다

마가목 사랑

늦가을
마가목

붉은 장미
천 송이

꽃 진들
잎 진들

게으름
모르는 마음

흰 눈 오면 알게 되리니
누가 겨울까지 사랑했는지

*마가목: '게으름 모르는 마음'을 꽃말로 지니고 있다

단풍나무 아래서

솔잎 떨어지는 소리에 잠을 깨어
단풍잎 물드는 소리에 마음을 붉히네

피면 지고 물들면 바래는 것을
어찌 사랑이라 부를까

내일은 단풍나무 아래서
그리워하는 마음을 견줘보리라

점심點心

마음에 점 하나
찍어두는 일이라는데

너의 마음에 점 하나
찍어두는 일을
사랑이라 부르면 안 되나

허기진 생의 날에
너의 꺼진 배를 위해
한 그릇 끼니가 되어주는 일을
사랑이라 부르면 안 되나

생각만으로도 배가 불러오는 이 점심을
행복이라 부르면 안 되나

물 위를 걷는 사랑

너를 향한
나의 사랑을
물에 새기는
언약이라 쳐도 좋다

그 물 위를 걸어
네게 가리니
젖지 않는 사랑이
어떻게 사랑이겠느냐

가라앉아 떠오르지 않아도
후회 없으리니
잠겨본 적 없는 사랑이
어떻게 사랑이겠느냐

사랑이 내게 묻는다면

사랑이 내게 묻는다면
그대를 얼마나 사랑하는지
죽음이나 지옥조차 두렵지 않은지

오! 어찌 두렵지 않겠어요
그대를 잃는 것이
바로 죽음과 지옥인 것을

사랑이여,
생명과 천국을 지키기 위해
내가 얼마나 온 마음을 다하겠어요

양양에서

기다리지 마라
돌아갈 사람이 양양까지 왔겠느냐
찾아오지 마라
만나질 사람이 양양까지 왔겠느냐

어찌해도 그리움 가눌 수 없는 날
바람에 흩날리는 꽃잎처럼 발길 닿거든
남대천에 잠시 손이나 적시고 가라
그 물길 예서도 더 먼 길을 흘러가야
마침내 바다 되어 사라지느니

물어보지 마라
떠나갈 사람이 양양까지만 왔겠느냐
영영 사랑해야 할 것들
아직도 먼 길을 강물처럼 흘러가고 있겠느냐

네가 보고 싶어 눈송이처럼 나는 울었다

이번 생에는
이룰 수 없는 사랑이라지만

이번 생에는
잊을 수 없는 사랑이었기에

네가 보고 싶어
빗방울처럼 나는 울었다

네가 보고 싶어
낙엽처럼 나는 울었다

어느 봄날 꽃 피는 길 위에서 마주치더라도
그간의 안부는 묻지 마라

네가 보고 싶어
눈송이처럼 나는 울었다

파도처럼 사랑하겠네

잔잔하기만 하겠는가
거친 날도 있으려니

높기만 하겠는가
낮은 날도 많으려니

그런들
한순간이라도 멈출 리 있겠는가

뭍을 향해서만 밀려가듯
사랑을 향해서만 밀려가려니

은빛 사랑으로 피어나려니

사랑빚

전생쯤에 그대가 내게
빌려준 사랑이 있어
이토록 내가 그대를 사랑하는가

다음 생쯤에 그대에게 내가
갚아야 할 사랑이 있어
이토록 그대가 나를 사랑하는가

독촉도 성화도 없이
가진 사랑 송두리째 내어주는
사랑의 빚쟁이여

오늘도 빚은 눈물겹게 쌓여가는데
해맑은 기쁨은 꽃처럼 가슴에 피어나
영원쯤에야 우리가 모든 사랑을 갚으려는가

계란후라이

사랑이 저와 같아
어느 이길 수 없는 손에 의해
힘없이 깨지더라도

뜨거운 불길 위에 놓여
온몸이 익는
고통을 겪는다 해도
이별이란 결코 존재치 않는 것

죽음 후에도
너는 나의 황금빛 해요
죽는다 해도
나는 너만을 품는 은빛 달이다

노을

뺨 두 쪽 물들이는데
하루가 걸린다

일생을 건 게다

집어등

저 빛이 등대가 아닌 줄은
나도 알고 있다
너무 위험하지만 너무 눈부셔
멈추지도 돌아서지도 못하는
사랑 찾아오면
너도 알게 되리니

불나방이 왜
불 속으로 뛰어드는지
눈멀지 않는 사랑이란
얼마나 환히 속 보이는 것인지
오징어가 누구의 눈에 뿌리기 위해
몸속에 먹물을 지니고 다니는지

뭍의 사람들아
사랑을 어찌 불장난이라 부르는가
너희들의 땅에도 집어등 켜지거든
나의 먹물 같은 사랑을 기억해다오

언약

사랑이여
너를 만나러
내가 지평선까지만 걸어가겠느냐

사랑이여
너를 찾으러
내가 수평선까지만 걸어가겠느냐

생의 마지막 날
죽음이 갈라놓는다 해도
끝내 놓지 못할 손 하나 있거늘

사랑이여
너를 위하여
내가 지옥까지만 걸어가겠느냐

그대가 잠시 내 생에 다녀갔을 뿐인데

그대 생각이 잠시
내게 다녀갔을 뿐인데
하루 종일 내 가슴에 꽃이 피고

그대가 잠시
내 생에 다녀갔을 뿐인데
일생 동안 내 가슴에 파도가 친다

사랑이여
네가 잠시 다녀갔을 뿐인데
영원토록 내 가슴에 첫눈이 내린다

그대가 잠시 내 생에 다녀갔을 뿐인데

초판 1쇄 발행 2020년 2월 10일
초판 2쇄 발행 2022년 10월 11일

지은이 양광모
펴낸이 김선기
펴낸곳 (주)푸른길
출판등록 1996년 4월 12일 제16-1292호
주소 (08377) 서울시 구로구 디지털로 33길 48 대륭포스트타워 7차 1008호
전화 02-523-2907, 6942-9570~2
팩스 02-523-2951
이메일 purungilbook@naver.com
홈페이지 www.purungil.co.kr

ISBN 978-89-6291-852-6 03810